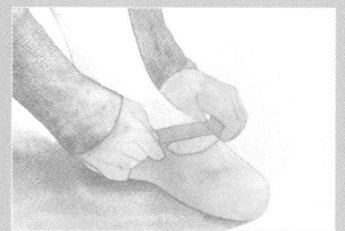

MOVEMENT by Nancy Fulda

Copyright © 2011 by Nancy Fulda

Originally published in Asimov's Science Fiction.

RECOLLECTION by Nancy Fulda

Copyright © 2014 by Nancy Fulda

Originally published in Carbide Tipped Pens.

All rights reserved.

This Korean edition was published by Sakyejul Publishing Ltd.

in 2025 by arrangement with Nancy Fulda through KCC(Korea Copyright Center Inc.), Seoul.

이 책은 ㈜한국저작권센터(KCC)를 통해 저작권자와 독점 계약한 ㈜사계절출판사에서 출간되었습니다.
저작권법에 의해 한국 내에서 보호를 받는 저작물이므로 무단전재와 복제를 금합니다.

내가 하려는 말은

낸시 풀다 글   정소연 옮김   백초윤 그림

차례

움직임
07

다시, 기억
49

옮긴이의 말
88

움직임

일러두기

- 본문의 각주는 모두 옮긴이의 주입니다.
- 원서에서 이탤릭체로 강조한 부분은 고딕체로 표기했습니다.
- 본문 내 지명은 현재 사용되는 대로 표기했습니다.

해가 저문다. 창밖으로 멋진 하늘이 펼쳐져 있다. 적란운이 이리저리 휘어진 빨간색과 주황색으로 빛나며 여러 겹으로 부풀어 흘러간다. 유리만 없다면 손을 내밀어 구름을 만질 수 있을 것 같다. 곧 남색으로 어두워질 소용돌이치는 문양 속에 나라는 기류의 흔적을 남길 수 있을 것 같다.

하지만 내 앞에 창문이 있다. 나는 갇힌 기분이다.

등 뒤에서는 부모님과 신경 연구소 전문의가 부엌에서 가져온 접이식 의자에 앉아 내 미래를 조용히 상의한다. 그들은 내가 듣고 있는 줄 모른다. 내가 반응하지 않기로 했다는 이유만으로, 그들의 존재를 알아채지도 못한다고 생각한다.

"부작용이 있을까요?"

아버지가 묻는다.

숨 막히는 저녁 더위 속에서, 아버지의 어깨 레이저가 모기를 잡는 소리가 픽 하고 들린다. 모기잡이는 2년 전만큼 잘 작동하지는 않는다. 모기들이 더 빨라져서다.

아버지는 기술 신봉자이다. 그래서 연구소와 연락했다. 아버지는 나를 고치고 싶어 한다. 틀림없이 방법이 있다고 믿는다.

"전통적인 의미의 부작용은 없을 겁니다."

전문의가 말한다. 그가 있으면 불편하긴 해도, 나는 그를 좋아한다. 그는 단어를 아주 정확하게 고른다.

"우리는 약물이 아니라 시냅스*를 직접 이식하는 방식을 이야기하고 있으니까요. 나무의 모양을 잡기 위해 어린나무를 구부려 두는 것과 비슷하죠. 핵심 가지 돌기들의 연결력을 강화해 뇌가 자연스럽게 성장하도록 돕는 겁니다. 어린 신경 세포에는 영향을 주기가 쉽거든

---

* 신경 세포의 돌기가 다른 신경 세포와 연결되는 부위. 이곳에서 한 신경 세포에 있는 흥분이 다음 신경 세포에 전달된다.

요."

"이전에도 이 시술을 해 봤다고 하셨죠?"

나는 돌아보지 않고도, 어머니가 얼굴을 찌푸렸음을 안다.

어머니는 기술을 믿지 않는다. 그래서 지난 10년 동안 더 간접적인 방법으로 내 사회성을 키우려고 노력했다. 어머니는 나를 사랑하지만, 나를 이해하지 못한다. 내가 미소 짓고, 웃고, 다른 십 대 아이들과 해변을 뛰어다니지 않으면 행복하지 않다고 생각한다.

"아직 새로운 시술이긴 합니다. 그러나 저희의 첫 환자는 따님과 동갑인 여자아이였어요. 시술을 받고는 사회에 훌륭하게 녹아들었죠. 원래부터 대단한 영재는 아니었지만 이전보다 말도 더 많이 하고 수업도 더 잘 따라갔답니다."

"한나의 재능……은 어떻게 될까요?"

어머니가 묻는다. 어머니는 나의 춤과, 수치나 숫자를 손쉽게 외우는 특징을 생각하고 있다.

"그건 사라질까요?"

전문의는 확신에 찬 목소리로 대답한다. 나는 부모님에게 충격을 주지 않으면서 사실을 전달하는 그의 화법을 좋아한다.

"디디에 부인, 선택의 문제입니다. 단번에 뇌를 모든 분야에 가장 적합하게 만들 수는 없어요. 한나 같은 아이들 중 시술을 받지 않고도 탁월한 능력을 가진 어른으로 성장하는 경우도 있겠죠. 유명해지고, 세상을 바꾸고, 사회 구조와 자신의 능력을 조화할 방법을 찾는 사람들이요. 하지만 그렇게 운이 좋은 아이는 얼마 없어요. 나머지 대부분은 친구를 사귀지도, 직장을 구하지도, 시설의 도움 없이 살지도 못합니다."

"시술을…… 받으면요?"

"아무것도 보장해 드릴 수는 없지만, 한나가 정상적인 삶을 살 가능성이 상당히 높습니다."

나는 손으로 창유리를 누른다. 손바닥 아래로 차갑고 매끄러운 유리가 느껴진다. 유리는 움직이지 않는 것처럼 보이지만 나는 그 아래 분자 수준에서는 유리도 흐르고 있다는 사실을 안다. 원자들이 서로를 천천히, 아주 천천히 지나치며 미끄러진다. 그 속도에도 불구하고 반드시 일어날 변화이다. 나는 유리를 좋아한다. 돌도 좋아한다. 빨리 변하지 않기 때문이다. 그것들이 현미경 없이도 알아볼 만큼 변하기 전에 나도, 내 친척들도, 그들의 후손도 모두 죽을 것이다.

어깨 위로 어머니의 손이 느껴진다. 어머니가 뒤로 다가와 내 몸을 돌린다. 어머니의 눈을 마주 보거나 어머니를 밀어내야 한다. 나는 어머니의 눈을 마주 본다. 어머니를 사랑하고, 그 사랑을 감당할 수 있을 만큼 진정한 상태이기 때문이다. 어머니가 천천히, 부드럽게 말한다.

"한나, 그렇게 하고 싶니? 다른 아이들처럼 되고 싶어?"

'네'도 '아니요'도 적절한 답이 아닌 것 같아

나는 아무 말도 하지 않는다. 말들은 불분명하고 무의미하다. 말들은 생각 사이의 허공으로 흘러 사라진다.

어머니가 나를 계속 바라본다. 나는 미뤄 왔던 답을 할까 고민한다. 2주 전, 어머니는 나에게 새로운 댄스화를 갖고 싶은지, 갖고 싶다면 무슨 색깔이 좋을지 물었다. 나는 적합한 단어를, 조약돌처럼 매끈하고 단단한 단어들을 마음속에 모았다. 그렇지만 소리 내어 말해도 소용은 없다. 내가 질문에 답을 할 때가 되면 사람들은 대개 자신이 했던 질문을 잊어버린다.

내 상태를 표현하기 위해 만들어진 단어는 '시간적 자폐'다. 나는 이 단어를 좋아하지 않는다. 일단 단어니까. 그리고 자폐인들과 나

사이의 공통점은 드문 발화뿐이니까.

그래도 '시간적' 부분은 맞긴 하다.

어머니는 답을 기다리며 내 어깨를 12.5초 동안 쥐었다가 놓고, 접이식 의자로 돌아가 앉는다. 나 때문에 불행해 보인다. 나는 창턱에서 내려가 침대 밑에 넣어 뒀던 종이 가방을 꺼낸다. 노끈을 엮어 만든 손잡이의 거친 감촉이 손가락에 분명히 느껴진다. 나는 가방을 끌어안고, 대화 중인 사람들을 지나쳐 내 방을 나간다.

아래층에서 나는 창문을 열고 아름다운 하늘을 쳐다본다. 혼자 밖에 나가면 안 되는 줄은 알지만, 집 안에 있고 싶지도 않다. 내 위로 하늘이 움직인다. 태풍에 휘말린 나뭇잎처럼 구름이 휘몰아친다. 부풀어 오르고, 사라지고, 흩어지고, 다시 뭉친다. 나른하지만 돌이킬 수 없는 혼돈.

발아래로 회전하는 지구를 느낀다. 나를 둘러싼 거대한 힘에 저항하기에는 너무 작은 입자인 나는, 우주 공간에 휘몰린다. 성층권으로 날아가지 않게 가방의 손잡이를 꽉 붙든다. 시간이 우리의 존재를 어떻게 만들어 가는지 전혀 의식하지 못한 채 즐겁게 살아가는 삶은 어떤 걸까. 다른 모든 사람들처럼 사는 삶은 어떤 걸까.

멋진 하늘 아래에 선다. 두툼한 종이 가방이 다리 사이에서 소리를 내며 흔들린다. 손잡이를 너무 꽉 잡아 노끈이 손가락으로 파고든다.

보도블록 틈새로 뾰족한 꽃잎을 내민 파리지옥들이 발밑에서 입을 벌린다. 파리지옥은 야생화된 재래종으로, 마을 이 부근의 풍족한 환경에서 무성하게 자라고 있다. 우리 동네에는 야외 카페가 많다. 주먹만 한 꽃송이들이 근처 테이블에서 바람을 타고 날아오는 바게트나 소시지 조각을 낚아채려 저녁마다 입을 벌린다.

파리지옥을 보면 불안해진다. 왜 이런 기분인지는 누구와도 소통할 수 없을 것이다. 파리지옥은 여러 빛을 띤 주황색과 호박색 하늘에서 흘러가는 구름과 비슷하다. 언제나 변화하고, 언제나 다른 형태를 띤다.

파리지옥은 이제 그 이름에 맞지 않다. 그것들은 파리는 거의 먹지 않는다. 사냥감보다 먼저 진화하는 것만으로는 파리지옥은 살아남기 어려웠다. 그래서 사람들이 보기에 좋은 모양을 띠어 생존했다. 꽃송이의 작은 반점 무늬는 해마다 화려해진다. 가시는 단백질이나 탄수화물 부스러기가 닿으면 극적으로 움직인다. 아이들은 까르르 웃으며 그 움직임을 다시 보려고 먹잇감을 더 준다.

유독 내 눈길을 끄는 파리지옥이 있다. 꽃송이가 지금까지 본 어떤 것보다 거대하고 화려하다. 평범한 줄기는 이 혁신을 감당하기에는 너무 약하다. 꽃송이는 짜부라진 채 인도에 기대 쓰러져 있다. 더 작고 둔탁한 식물들이 그

위를 덮어 가렸다.

　진화 사슬에서 중요한 전환점이다. 나는 이 파리지옥이 살아남아 다음 세대에 유전자를 전해 줄지 지켜보고 싶다. 파리지옥이라는 식물 자체는 나를 불안하게 하지만, 이 단 하나의 꽃만은 안도감을 준다. 음악에서 구간과 구간 사이의 공간과 같다. 무언가가 일어나긴 할 텐데, 아무도 그게 무엇인지 정확히 모르는 공간. 이 꽃은 조용히 시들 수도 있고, 살아남아 다음 세대의 파리지옥들을 만들어 낼 수도 있다. 이전의 어느 세대보다 생존에 특별히 더 적합한 세대로 이어질 수도 있는 것이다.

　이 파리지옥이 살아남기를 바란다. 그렇지만 생기 없는 잎사귀들을 보니 살지 못할 것 같다. 위대해질 기회 대신 확실한 평범함이 주어졌다면 저 파리지옥은 받아들였을까? 나는 궁금해진다.

눈물이 나올 것 같아, 다시 걷기 시작한다.

나는 너무 어리다. 그런 결정을 하라는 것은 정당하지 않다. 다른 사람이 나 대신 결정하는 것도 정당하지 않다.

내가 무엇을 원해야 할지 모르겠다.

길의 끝에 오래된 성당이 보이기 시작하자 마음이 안정된다. 모서리는 닳아 매끄러워졌더라도 시간의 변덕스러운 흐름에도 끄떡없는, 소용돌이치는 강 한가운데에 놓인 돌과 같은 곳이다. 성당을 보면 대니얼 태멋이 떠오른다. 태멋은 21세기의 서번트 증후군이다. 많은 서번트 증후군이 그렇듯 그 역시 기억과 암산에 뛰어났는데, 2부터 9,973 사이의 모든 소수를 단단한 조약돌처럼 선명하게 마음속으로 느껴 알 수 있었다. 태멋이 소수에서 받은 느낌은 내가 역사적인 건축물을 보고 받는 느낌과 비슷할 것이다.

성당에 들어서자 신부님이 나를 다정하게 맞이한다. 내 반응을 기대하지는 않는다. 신부님은 나에게 적응했고, 나는 그와 있으면 편안하다. 신부님은 아무런 인상도 남기지 못한 채 조급하게 휘몰아치는 시간에 떠내려갈 조각난 대화 따위의 무상하고 무의미한 일에 노력을 낭비하라고 강요하지 않는다. 나는 그를 지나쳐 색유리가 벽에 색색의 빛 그림자를 드리우는 텅 빈 방으로 간다.

문을 지나자 내 발소리가 울린다. 갑자기 외로워진다.

나는 나와 비슷한 사람들이 더 있다는 사실을 안다. 대부분 나와 같은 인종이다. 그렇다는 건 우리가 최근 생겨난 돌연변이의 결과물이라는 뜻이다. 나는 한 번도 그들을 만날 수 있을지 묻지 않았다. 중요하지 않은 일 같았다. 그러나 지금, 먼지가 많은 벽에 몸을 대고 앉아 밖에서 신었던 신발을 벗으며 어쩌면 그게 실수였을지도 모른다고 생각한다.

종이 가방에서 댄스화를 꺼낸다. 가방에서 바스락거리는 소리가 난다. 인간의 몸으로 자연스럽게는 할 수 없는 춤 동작을 위해 만들어진 토슈즈다. 발바닥 부분에 맞추어 발을 넣자 길들여진 토박스에 발가락들이 자리 잡는다. 발을 잘 지탱하도록 신중하게 리본을 묶는다.

다른 사람들은 내 신발을 내가 보는 것처럼 보지 않는다. 그들은 올이 다 드러나도록 해지고 바랜 새틴과 벌어져 튀어나온 토박스의 거친 나무밖에 보지 못한다. 낡은 가죽이 내 발 모양에 어떻게 잘 맞춰졌는지, 마치 몸의 일부분 같은 신을 신고 춤추는 기분이 어떤지 알지 못한다.

저녁 햇살이 어둠으로 사라지며 벽에 남긴 그림자의 움직임을 민감하게 인식하면서 나는 근육을 푼다. 마지막 남은 플리에와 주테 동작

까지 마치고 나니 창의 색유리 너머에서 별이 빛나고 있다. 그 변화에 현기증이 난다. 나는 은하의 바깥쪽을 향해 날아가는 태양계를, 우주를 내달리고 있다. 숨을 쉬기가 어렵다.

종종, 시간의 흐름이 몰아치면 나는 침대 밑의 어두운 공간으로 기어 들어가서 거기 모아 놓은 거친 돌멩이와 삐죽삐죽한 유리 조각을 손끝으로 쓰다듬는다. 하지만 지금은 토슈즈가 나를 땅 위에 붙들고 있다. 나는 방 한가운데로 가서 발끝으로 서고……

기다린다.

시간이 나를 사방으로 잡아당기며 사탕 시럽처럼 퍼져 나가고 회전한다. 나는 음악의 한 악장과 다음 악장 사이의 정적이다. 떨어지다

폭포 한가운데에서 시간에 붙들린 물방울이다. 힘들이 나를 내리누른다. 현실이 변화하는 소리가 나를 휘젓고, 맴돌고, 울린다. 심장이 뛰는 소리가 텅 빈 공간에 울린다. 나는 대니얼 태멋이 영원에 대해 생각할 때 지금의 나처럼 느꼈을지 궁금해진다.

 마침내 나는 찾아낸다. 이 혼돈의 패턴을. 이것은 정확히 말하자면 음악은 아니지만, 음악과 아주 비슷하다. 근육을 꽉 옥죄던 공포가 누그러진다. 나는 더 이상 태풍 속의 티끌이 아니다. 내가 태풍이다. 발이 바닥의 먼지를 휘젓는다. 몸이 내 의지대로 움직인다. 여기에는 단어가 없다. 나와, 복잡하고 일정하지 않은 움직임뿐이다.

진화하는 것은 생명만이 아니다. 내 춤도 매일, 때로는 매초마다, 나를 즐겁게 하는 정도에 따라 각 움직임이 반복되거나 소멸한다. 고차원의 프랙털에서는 춤의 형태도 변화하고 사라진다. 사람들은 발레가 시간을 초월한 예술이라고들 하지만, 오늘날 극장에서 공연되는 춤은 처음 이탈리아와 프랑스에서 시작되었던 발레와 무척 다르다.

　내 춤은 공연계에서 멸종 위기종이다. 신고전주의에서 변형된 이 춤은 아무도 기억하지 않고, 아무도 돈을 내고 보지 않고, 아주 적은 몇몇 그룹의 댄서들만이 따라 한다. 단 하나뿐이고, 아름답고, 소멸할 수밖에 없다. 나는 이것의 운명이 확실하기에 사랑한다. 결국은 시간의 지배를 받지 않기에.

근육의 힘이 다하면 나는 모든 것을 통제할 수 있다는 환상에서 벗어나 우주의 격렬한 혼돈 속 또 하나의 아주 작은 입자로, 스스로의 존재를 지켜보는 관중으로 돌아갈 것이다. 하지만 일단 지금은 나 자신의 움직임과 혈관을 거세게 흐르는 에너지만이 느껴진다. 물리적인 제약만 없다면, 나는 영원히 춤추리라.

오빠가 나를 찾아낸다. 오빠는 종종 나를 성당으로 데려와 내가 춤추는 사이에 관자놀이에 이식된 전자 장치를 번쩍거리며 기다리곤 한다. 나는 오빠를 좋아한다. 오빠 옆에 있으면 편안하다. 오빠는 나에게 내가 아닌 무엇도

되라고 하지 않는다.

 꿇어앉아 토슈즈의 리본을 풀고 있는데 부모님도 도착한다. 부모님은 오빠처럼 차분하고 조용하지 않다. 부모님이 밤공기에 땀을 흘리며 긴장된 문장을 말한다. 문장들이 서로 뒤섞인다. 나를 기다려 주기만 하면 부모님의 정신없는 횡설수설을 진정시킬 단어를 찾을 수 있을지도 모른다. 그러나 부모님은 내 시간의 척도에 맞추어 말하는 법을 모른다. 그들의 대화는 초 단위, 때로는 분 단위다. 그 대화는 귓가에서 모기처럼 앵앵거린다. 내가 생각을 정리해 완벽한 답을 찾는 데는 며칠, 때로는 몇 주가 걸린다.

 어머니가 괴로워하며 내 코앞으로 다가온

다. 나는 아까 왔던 답으로 어머니를 진정시키려 한다.

"새 신은 됐어요."

내가 말한다.

"새 신으로는 똑같이 춤출 수 없어요."

어머니가 찾던 답이 아니다. 그러나 어머니는 혼자 집을 나선 나를 꾸중하려다가 멈춘다.

아버지도 화가 났다. 아니, 어쩌면 두려워하고 있다. 아버지의 목소리는 내게 너무 크다. 나는 손에 든 종이 가방을 손가락으로 꽉 쥔다.

"맙소사, 한나. 우리가 널 얼마나 오래 찾아다녔는지 아니? 여보, 지나, 어서 어떻게든 해야 해. 얘가 헤매다가 위험 구역으로 갈 수도 있고, 차에 치일 수도, 어쩌면……."

"서둘러 결정하고 싶지 않아!"

어머니는 화를 낸다.

"르노와 선생님이 다음 달에 새로운 치료 그룹을 시작해. 우리는 그쪽을……."

"대체 왜 이렇게 고집을 부리는지 모르겠어. 약물이나 외과 수술이 아니잖아. 간단하고, 몸에 무언가를 삽입하는 시술도 아니라고."

"아직 시험을 못 거친 시술이지! ABA 프로그램*에서 효과를 봤잖아. 그걸 이런 식으로 중간에 팽개치고 싶지 않아……."

아버지의 어깨 레이저에서 픽 소리가 난다.

---

* 행동 과학에 기반하여 특정 인지, 사회, 행동 기술을 단계별로 교육하는 치료법. 자폐 스펙트럼 장애를 가진 사람들에게 효과적인 치료법으로 알려져 있다.

모기 소리가 들리지 않았으니 티끌이었을 것이다. 놀랍지 않다. 아버지가 레이저를 사고 여러 해가 지날 동안 모기는 변화했지만, 먼지는 수천 년 전과 똑같으니까.

잠시 후, 어머니가 욕설을 중얼거리며 셔츠를 찰싹 친다. 모기가 도망치다 내 귓가에서 앵앵거린다. 지금까지 살펴본 통계 자료에 따르면 어머니의 고전적인 방식도 모기를 쫓는 데에는 아버지의 첨단 기술만큼이나 효과가 없다.

부모님이 미래를 놓고 다투는 동안 오빠가 나를 집으로 데려간다. 오빠가 누워 관자놀이의 장치를 작동시키는 사이 나는 오빠의 방에

앉아 있는다. 오빠가 '만경'에 접속하자 이마에 작은 점 모양의 빛이 나타나 깜박인다. 이제 오빠의 정신은 활짝 펼쳐졌다. 넓게, 더 넓게. 끝이 없는 수평선 너머로. 심장이 뛸 때마다 오빠의 신경 세포가 정신망을 따라 다른 사람들의 신경 세포와 서로 자극하며 진동한다.

40분이 지나고 할머니 할아버지가 열린 문간에 나타났다. 그들은 '만경'을 이해하지 못한다. 자극에 정신이 팔리면 몸이 보내는 사소한 신호들을 알아채기 어렵기 때문에 오빠의 볼 안에 침이 고인다는 것을 모른다. 오빠의 축 늘어진 얼굴이나 허공을 향해 있는 흐리멍덩한 눈을 보고 오빠가 우리와 아주 먼 곳, 그들은 따라갈 수 없는 곳, 그들은 사악하다고 생각하는 곳에 가 있다고만 생각한다.

"안 돼. 정신을 저렇게 녹슬게 하면 안 된다고. 저기에 시간을 저렇게 많이 쓰지 않게 부모가 단속을 해야지."

"우리가 어렸을 때 기억나? 게임 기계 하나에 모두 복작거리며 모였지. 방 안 사람들이 모두 다 말이야. 모두 같은 화면을 봤어. 그게 유대감이지. 그런 게 건강한 오락이라고."

할아버지와 할머니가 고개를 젓는다.

"젊은 애들이 서로 교류할 줄을 몰라 안타깝다니까."

나는 그들의 말을 듣고 싶지 않다. 자리에서 일어나 그들의 눈앞에서 문을 닫는다. 할머니 할아버지가 내 행동을 나쁘다고 느낄 줄은 알지만 상관하지 않는다. 그들은 '시간적 자폐'라는 단어는 알지만, 그 의미는 이해하지 못한다. 마음속 깊은 곳에서는 여전히, 내가 그저 버릇이 없을 뿐이라고 생각한다.

문 너머로 그들이 요즘 젊은 사람들이 자신들의 젊을 적과 얼마나 다른지 주고받는 말소리가 희미하게 들린다. 그들의 불만이 당혹스럽다. 왜 나이 든 사람들은 젊은이들이 변하지 않고 그대로이기를 기대하는지, 이토록 급격히 변하는 세계에서 어째서 아이들이 자신들이 했던 것과 같은 게임을 해야 한다고 생각하는지 이해할 수가 없다.

오빠의 관자놀이에서 반짝이는 불빛을 본다. 태양의 탄생과 죽음을 연상시키는 추계학

적인 패턴이다. 저 작은 불빛을 통해 태양의 변화를 추측할 수 있다. 지금 오빠는 100년 전에 태어난 사람은 상상할 수도 없었을 높은 비율로 뇌세포를 사용하고 있다. 오빠는 아버지가 평생 만난 사람들을 다 합친 것보다 더 많은 사람과 소통하고 있다.

호모 하빌리스가 오늘날 '언어'가 될 소리를 처음 냈을 때 어땠을까? 이상한 소리를 내는 갓난아기들은 결함이 있고, 사회에 적응하지 못하고, 또래와 교류할 수 없는 존재로 여겨졌을까? 그중 하나가 언어로 받아들여지기까지, 얼마나 많은 유전적 변종이 언어의 경계에 나타났을까?

할머니 할아버지는 '만경'이 오빠의 정신을

뒤튼다고 말한다. 내 생각에 사실은 그 반대다. 오빠의 정신은 '만경'을 탐험하게 되어 있다. 내 정신이 초와 세기의 어지러운 흐름에 맞춰진 것과 마찬가지로.

밤이 아침으로 부서지고, 그 사이 어디쯤에서 나는 잠이 든다. 일어나자 오빠 방 창밖의 하늘이 햇살로 환하다. 얼굴을 창문에 가까이 가져다 대면 그 거대한 꽃송이의 파리지옥과 뭉개진 줄기가 보인다. 저 파리지옥이 오늘 하루를 살아남을지 알기엔 아직 이르다.

밖에서 이웃들이 서로에게 인사한다. 어르신들은 정중하게 목례나 악수를 하고, 청소년들은 고함을 치고 욕설을 뱉는다. 오늘 오전에 사용된 인사들 중 무엇이 내일의 어휘로 자리를 잡을지 궁금하다.

사회 구조는 그 나름의 진화 경로를 따른다. 수많은 종이 나타나고, 경쟁하고, 혼돈 속으로 사라진다. 길 끝 성당에는 언젠가 우리와 다른 언어를 쓰고 전혀 다른 관습을 가진 사람들이 자리할 것이다.

모든 것이 변화한다. 모든 것이 언제나 변화한다. 나에게 이 과정은 바위에 부딪히는 파도와 같다. 휘젓고, 맴돌고, 튀기고, 또 휘몰아치고……. 반드시 계속되는 혼돈이다.

지금의 우리에서 미래의 우리가 되는 과정에 마찰이나 실패한 출발점이 있는 것은 놀랍지 않다. 소리는 필연적으로 변화한다. 진전은

본질적으로 혼란스럽다.

  어머니가 아침을 먹으라며 나를 부른다. 내가 버터 바른 토스트를 먹는 동안 나와 대화를 시도한다. 어머니는 내가 자신의 말을 못 들었거나 신경을 쓰지 않아서 답을 하지 않는다고 생각한다. 그러나 그런 게 아니다. 나는 '만경'에 접속했을 때의 오빠 같은 상태다. 이토록 빨리 변화하는 세상에서, 어떻게 아무런 의미도 없는 질문에 외운 답을 허겁지겁 답하는 게임을 할 수 있나? 창밖으로는 하늘이 흘러가고 발밑에서는 판이 이동한다. 내 주변의 모든 것들이 자라나거나 무너지고 있다. 이에 비하면 단어들은 납작하고 무의미하다.

  어머니와 아버지는 아침 내내 시냅스 이식

술에 대한 논의를 피한다. 두 분의 의사소통 전략이 또 한 번 진화했다는 분명한 신호다. 부모님이 나에 대해 나누는 대화는 언제나 부자연스러웠다. 우리 가족의 어휘에서 논쟁적인 어구들은 모두 사라졌다. 부모님은 그 빈틈을 채우기 위해 끊임없이 새로운 단어를 발명해 내야 한다.

나도, 나 나름의 소박한 방식으로 진화하고 있다. 내 뇌 안의 연결들은 만들어지고, 살아남고, 소멸한다. 내가 내리는 결정 하나하나가 내 영혼의 유전자형을 바꾼다. 부모님이 보지 못하는 것이 바로 이것이다. 나는 고정된 존재가 아니다. 아침 식탁을 밝히는 커다란 창문이 고정된 존재가 아니듯이. 나는 날마다 나를 환대하지 않는 세상에 맞추어 가는 법을 배운다.

창문에 두 손을 대고, 피부 아래로 차갑고 매끄러운 유리를 느낀다. 눈을 감으면 분자들의 움직임을 느낄 수 있을 것만 같다. 오랜 시간이 지나면 이 판유리는 언젠가 사람의 손이 아니라 우주의 법칙과 본성을 따른 형태를, 그 고유의 형태를 찾아낼 것이다.

나는 결심했다.

나는 미미하게 살고 싶지 않다. 다른 사람들처럼 되고 싶지 않다. 거대한 시간의 흐름을 알지 못한 채, 정신없이 내달리는 문장들에 갇히고 싶지 않다. 나는 다른 것을 원한다. 무언가, 적절한 단어를 찾아낼 수 없는 무언가를.

나는 나의 내면이 흐르고 있다는 사실을 알

리려 어머니의 팔을 잡아당기고 유리를 톡톡 두드린다. 늘 그렇듯이 어머니는 내가 하고 싶은 말을 알아보지 못한다. 분명하게 전달하고 싶지만 방법을 모르겠다. 나는 바스락거리는 종이 가방에서 토슈즈를 꺼내, 신경 연구소 전문의가 두고 간 안내 책자 위에 놓는다.

"새 신발은 갖고 싶지 않아요."

내가 말한다.

"새 신발은 갖고 싶지 않아요."

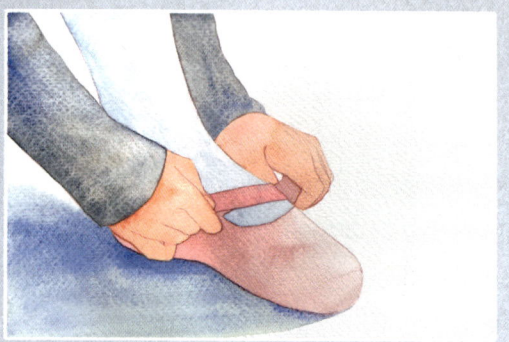

다시, 기억

늘 같은 꿈이다. 너는 유성 사이로 추락하는 뒤엉킨 신경 세포 덩어리다. 불꽃이 너의 연약한 표면을 꿰뚫고 울퉁불퉁한 흔적을 남긴다. 너는 폭발에 부서지며 발버둥 친다. 부서진 반투명한 조각들만 남을 때까지. 혜성이 바짝 마른 섬유질을 공격하고, 너는 떨어지고, 계속 떨어진다. 손이 없는데도 장막이 드리운 터널의 가장자리를 필사적으로 긁어 대며, 추락을 멈추지 못하고, 오로지 추락만을 느낀다. 몇 가닥 남지 않은 가느다란 머리카락을 따라 천천히 빛이 스며들고 빛은 너의 뒤척임에 흐릿해진다.

  깨어나니 따뜻하고 고요하다. 요양원의 삭막하고 경사진 바닥은 사라졌다. 민무늬 창문 가리개는 백단 나무 블라인드로 바뀌었다. 환풍구를 타고 불어 들어오는 신선한 공기에 근처 골짜기 길의 아침 자동차 소리, 화장실에서 나는 소리가 희미하게 섞여 있다. 옆방에서는 책장의 먼지를 빨아들이는 진공청소기 소리가 윙윙댄다.
  너는 누비이불을 움켜쥔다. 속이 뒤집힌다. 단단한 나무로 만든 가구가 있는 이 아늑한 침실은 너에게 친숙해야 한다. 그러나 그렇지 않다. 이틀이 지났지만, 아직 아무것도 이해가 되지 않는다. 너는 질식할 것 같다. 몸을 웅크리고……

아내가 너의 헐떡임을 들었다. 그가 잠옷을 펄럭이며 달려온다. 얼굴은 겹겹이 주름졌다. 너의 거울이, 그와 너 둘이 부부임을 알려 준다. 아내와 마찬가지로 빛바랜 머리카락, 움푹 들어간 눈두덩이. 아내는 웃음 주름이라고 불렀지만, 네가 보기에는 그저 노화일 뿐인 눈가 주름. 너의 얼굴에나, 아내의 얼굴에나.

"엘리엇?"

그가 침대 가에 무릎을 꿇고 너의 손을 움켜쥐며 눈을 마주 본다.

"나야, 엘리엇. 다 괜찮아. 다 잘될 거야."

너는 기억한다. 그레이스. 그는 이틀 전에 자기 이름을 알려 줬고, 너는 그가 시킬 때마다 그 이름을 되뇌면서 이성을 잃고 흥분했다. 너는 간식을 달라고 짖어 대는 훈련을 받은 강아지가 된 기분이지만 간식은 없다.

그레이스밖에 없다. 그레이스와 이 방. 그 전에는 요양원. 그 전에는……? 잘 모르겠다. 너는 그것들 사이의 연관성을 알아내기 위해 허약한 손으로 침대 옆 공책을 찾는다. 그러나 공책에는 그저께부터 쓰기 시작한 흔들린 낙서뿐이다.

그레이스가 너의 등에 베개를 받치고 몸을 일으킨다. 질문을 조잘대고 너의 머리를 만지

면서 야단이다. 그는 네가 고통스러워한다고 생각하는 것 같지만, 너는 아프지 않다. 뼈와 관절이 이렇게 늙은 사람들이 아플 만큼만 아플 뿐이다. 그가 이마에 입을 맞추려 하자, 너는 몸을 움츠려 물러난다.

이렇게 몸을 피하는 것은 무정한 행동이지만 어쩔 수가 없다. 너에게 그는 낯선 사람이다. 그의 눈 속에 담긴 비통함을 보아도, 달리 생각할 수가 없다. 사랑을 꾸며 낼 수는 없다. 그럴 수가 없다. 그를 기쁘게 하기 위해서든, 다른 누구를 위해서든.

그레이스는 계속 애쓰기 전에 잠시 머뭇댄다. 너는 평생을 함께한 이 여자에 대해 더 기억해 내려 하지만, 움켜쥐는 기억마다 텅 비어 있다. 너는 수년간 그를 알아보지 못했다. 가족 중 누구도 알아보지 못했다. 알츠하이머병이란 그런 의미다. 아니 그런 의미였다.

이제 너는 어떤 말이 무슨 뜻인지, 아무것도 확신하지 못한다.

그레이스는 침대 옆 센서들을 조작하다가 너의 팔을 쓸어내린다.

"누군가는 첫 번째가 되어야 했어."

그는 슬피, 불평하듯 말한다.

"다음 팀 환자들은 더 수월하겠지. 진단을 받자마자, 신경 세포들이 망가지기 전에 치료를 시작할 테니……."

그가 허공을 응시하다가 억지로 기운찬 목소리로 덧붙인다.

"하지만 우린 이겨 낼 거야. 당신도 알잖아. 당신은 늘 단단한 나무처럼 강한 사람이었지. 피에스테와협곡에 앉아 계곡을 내려다보곤 했던 시절 기억해? 당신이 어렸을 때 속은 것 같다고 했잖아. 남은 개척지도 없고 선구자가 되기엔 너무 늦었다고."

그가 계속 말한다. 하찮은 정보의 파도가 몰려오며 공기를 짓누른다. 그가 너를 사랑한다는 것은 분명하다. 자신이 하는 말 중 너의 기억이라는 미끄럽고 험준한 바위에 자리 잡는 단어가 몇 없음을 알아차리지 못하는 것 또한 분명하다. 이름들과 일화들이 너에게 친숙한 무엇과도 연결되지 못하고 빠르게 잊히며 스쳐 지나간다. 너의 텅 빈 시선에 좌절할 법한

데도, 아내는 말을 멈추지 않는다. 이런 점에서 그레이스는 늘 고집스러웠다. 어떠한 근거 없이도 무너지지 않고 긍정적이었다. 이건 어떻게 기억이 났지? 다른 모든 기억은 잊었으면서? 너도 답을 알 수 없다.

한 이미지가 생각 사이를 가르고 나타난다. 나뭇가지에 찢어져, 남은 몇 가닥만이 바람에 흔들리는 거미줄. 그 나뭇가지를 쥔 손은 너일 것이다. 기억이 완전하지 않음에도 너는 확신한다. 어린아이의 손이기 때문이다. 너는 기억한다. 거미줄 한가운데가 찢어지자, 남은 패턴이 너무나 빨리 흐트러져 버리는 모습에 사로잡혀 빤히 바라보았던 것을······.

불쑥 어지럽다. 너는 너를 고정할 닻이 되어

줄 것을 찾아 방 안을 둘러보지만, 침대 옆의 전자 액자가 전부다. 전자 액자에 더 강인하고 덜 쇠약한 너와 그레이스의 이미지가 나타났다 사라지기를 반복한다. 어떤 사진에서 너는 웃음을 터뜨리고, 과장되게 화난 표정을 지은 여자가 너의 옆구리에 주먹을 날리고 있다. 무슨 말이 그처럼 애정 어린 반발을 불러왔는지 궁금하다.

신경과 전문의들은 이런 현상이 일어날 거라고 했다. 요양원을 나오기 전, 그들은 현란하게 칠해진 너의 뇌 조직 사진을 보여 주었다. 베타 아밀로이드반이 제거된 부분과 남은 타우 단백질이 흩어진 부분을 가리키며 뇌가 정보를 분석하고 기록하는 기능을 되찾았다고 설명했다. 너는 더 이상 치매 환자가 아니지만, 이미 잃어버린 기억은 영영 돌아오지 않는다. 너와 그레이스가 바랄 수 있는 최선은 망가져 조각난 의식을 이어 새로운 기억을 만드는 것이다.

그렇게 어렵지는 않을 거야. 그레이스는 너의 축 처진 손에 깍지를 끼며 웃었다. 네가 자신의 이름을 기억했다는 사실에 기뻐 어쩔 줄 몰라 하며 말했다. 엘리엇은 뭔가를 만드는 걸 정말 좋아하니까.

그러나 그레이스는 지금 웃고 있지 않다. 솔직히 말하면 거의 웃었던 적도 없는 사람처럼 보인다. 푹 꺼진 눈두덩이, 헝클어진 머리카락,

막대기처럼 비쩍 마른 몸……. 그의 초췌한 얼굴은 도저히 아름답다고 할 수 없다. 게다가 그는 너의 신경에 거슬린다. 잡을 수 있는 손도 없는데 반짝이며 쏟아지는 단추들처럼, 무의미하고 하찮은 잡소리가 계속 들려온다.

한때는 분명 그레이스를 사랑했을 것이다.

그래, 거의 확실히, 사랑했을 것이다. 지금 그의 입술 사이로 쏟아져 나오는 끝없는 수다에는 수십 년간 쌓인 의미가 있으리라. 함께한 농담, 함께한 비밀, 함께한 의견……. 한 마디 한 마디가 함께한 세월로 연결되는 구명줄일 것이다. 너에게 의미 있는 말이겠지만 너는 그 의미를 모른다.

너는 눈을 감고, 찡그린 얼굴을 베개에 묻는

다. 그레이스를 차단한다. 세상만사를 차단한다. 잘못되었다. 너는 이런 걸 바란 적이 없다. 대체 누가 이런 선택을 하겠는가?

왜 그들은 네가 추락하도록 내버려두지 않았는가?

문 뒤에서 속삭이는 소리가 들린다. 흥분하고 힘찬 목소리다. 몇 초 후 손잡이가 돌아가고, 담황색 덩어리 다섯이 응접실로 뛰어 들어온다.

그들은 사방에서 뛰어들어 너의 옷자락을 잡아당기고, 말과 나비 그림을 들고서 네 무릎 위를 차지하려 서로 밀친다.

"할아버지!"

"할아버지, 안녕하세요! 엄마가 그러는데 의

사들이 할아버지를 고쳐 줬대요!"

"할아버지가 슬퍼할 수도 있으니까 그 얘기는 하면 안 된대요."

"할아버지, 이제 제 생일에 주셨던 조랑말이 기억나세요? 3D 프린터로 만들어 주셨던 거요!"

너는 어찌할 바를 모르며 입술을 축인다. 손주들을 보면 해야 하는 행동, 해야 하는 말이 있다. 있지 않았던가?

"안녕, 피터."

네가 마침내 속삭인다.

"안녕, 맨디. 안녕, 캔디스. 학교에서 잘하고 있다고 들었다."

너는 어느 말을 누구에게 해야 할지 확신이

없어 허공에 말을 뱉는다. 머리에 기계로 된 나비 핀을 단 소녀가 웃더니 최근에 본 수학 시험 점수를 자랑스레 말한다. 소년 둘은 카펫 위에서 방방 뛰며 소리친다.

"할아버지가 기억하셨어요! 기억한다고요!"

너는 아이들에게 학교생활에 관해, 새로 생긴 아기 사촌 동생에 관해 묻는다. 그들은 너의 속임수를 눈치채지 못하고 조잘조잘 떠든다. 어젯밤에 그레이스가 손주들이 올 것이라고 말한 다음, 너는 그레이스에게 들은 아이들의 이름과 아이들에 관한 이야기를 공책에 적었다. 너의 침대 옆에 붙박이처럼 놓인 특징 없는 갈색 공책이다. 너는 아이들과 대화한다기보다는 뭐 하나는 맞아떨어지리라는 심정으로 아무 말이나 뱉는다.

아이들의 어머니는 문가에서 물러선 채, 주먹으로 입을 막고 갑작스레 북받친 감정을 감춘다. 그 눈에 고인 눈물에 안심해야 마땅하겠지만, 더럽고 음침한 사기꾼이 된 기분이다. 너는 벽에 붙은 웹캠을 흘긋대며 카메라가 꺼져 있기를 바란다.

너는 이렇게 살고 싶지 않다.

그레이스가 부엌에 우유와 과자가 있다고 알리자 아이들이 떠들썩하게 사라진다. 어른들은 곁눈으로 너를 흘긋대며 조용히, 그러나 안절부절못하며 남아 있다.

"우리가 스네이크강에서 조난했던 때 기억해?"

그레이스가 묻는다. 다른 사람들이 웃음을 터뜨린다. 그들은 호객하는 노점상들처럼 기억 하나를 장황하게 늘어놓는다. 우리 가이드가 띄운 드론이 팀파노고스산에서 실종됐던 거 기억해? 피터가 네 물통에 도마뱀을 떨어뜨렸던 건? 베이거스 근처에서 봤던 그 굉장한 일출은?

너의 아내와 딸, 주방에서 남은 의자를 가져와 끼어든 사위가 내뿜는 말 없는 희망이 손에 잡힐 듯 선명하다. 거짓말이라도 해야 할까? 고개를 끄덕이고 빙그레 웃으며 **아 맞아, 그때 정말 좋았지……** 같은 말이라도 해야 할까?

그래야 할지도 모르지만, 도저히 그럴 수가 없다. 아이들을 속일 수는 있었지만 이들은 어른이다. 환상을 믿기에는 너무 나이가 들었다.

"미안해."

네가 속삭인다. 정적 속에서, 그레이스의 심장에 금이 가는 소리가 들리는 것 같다.

"미안. 그런 건 기억나지 않아."

무겁고 어색한 침묵이 이어진다.

마침내 그레이스가 손을 들어 너의 어깨에 얹는다.

"괜찮아."

그가 밝은 목소리로 말한다.

"당신은 기억하지 못할지도 모르지만, 우리가 기억하니까. 우리가 당신을 도울 거야. 두고 봐."

나머지 문병 시간은 그저 고통이다. 네가 누

군가의 이름을 잘못 부를 때마다 사람들이 서로 눈짓하며 띄엄띄엄 대화를 이어간다. 너는 결국 말하기를 단념하고, 너 없이 흘러가는 대화를 멍하니 들으며 무의미하고 쉬이 잊힐 사소한 정보를 긁어모은다.

"느낀 바를 솔직히 말해요."
상담사는 매 회차마다 말한다.
그러나 그럴 수가 없다. 아니, 너는 느낀 대로 **말했으나** 그들이 너의 말뜻대로 들어 주지 않는다.
그들은 번갈아 찾아와 헌신적인 사랑을 담아 자신들의 인생사를 너에게 쏟아 낸다. 마치 추수 감사절 칠면조의 속을 사과로 가득 채우

듯이 너의 과거를 네 속에 다시 쑤셔 넣을 수 있다고 생각하지만, 이건 그렇게 될 문제가 아니다.

날마다 손님들이 돌아간 다음, 너는 눈을 감고 의자의 푹신한 등받이에 몸을 기댄다. 시스템의 제어판이 깜박이며 너의 지시에 따라 조명의 밝기를 낮추고 잔잔한 음악을 틀 준비를 하지만, 너에게는 제어판을 작동할 힘이 없다. 너무 지친다. 낯선 사람들의 끊임없는 방문에, 텅 빈 채 굴러다니는 망가진 가지 돌기 이상의 무언가가 되기 위한 시도에 너는 지친다.

엄밀히 말하자면 고통스럽지는 않다. 너라는 사람을 이루는 요소의 대부분을 잃은 상태에서 어떻게 고통을 느낄 수 있겠는가? 그렇지만 다른 사람들이 고통받는 영혼처럼 주위를 맴도는데도 너는 아무것도 느끼지 못한다는 사실이, 무섭고 가슴 아픈 오류인 것만 같다.

너를 위해 울고 애쓰고 기도하는 이 낯선 이들을 위한 평온은 어디에 있는가? 아이들은 할아버지가 돌아오리란 약속을 받았다. 그들은 할아버지를 돌려받아 **마땅하다**. 그러나 그들에게 돌아온 것은…… 너다.

너는 이 배반을 수치스러워하며 쿠션에 기댄 몸을 뒤척이고, 치유가 파괴보다 훨씬 더 잔인하게 느껴지는 이유를 고민한다.

2주가 지났다.

너는 오븐 토스터 앞에 서서 다음 단계를 궁

리한다. 오븐 토스터 안에 샌드위치가 있다. 샌드위치를 데워야 한다…….

네가 조리대에서 덜걱대는 소리가 그레이스의 주의를 끈다. 너는 그레이스의 다정한 질문을 무시하고 기계에 달린 복잡한 스위치를 살펴보며 답답해한다. 다 틀렸다. 이해가 되지 않는다. 십수 가지 물건이 어느 정도의 힘으로 당겨질 수 있는지는 아직도 기억하지만, 이 낯선 기계를 작동하는 법은 떠오르지 않는다. 더 좋지 않은 점은 이런 상태로 이미 몇 주가 지났고, 전혀 진전이 없었다는 사실이다.

"어휴, 세상에."

그레이스가 말하더니 부엌을 가로질러 다가와 기계의 스위치를 딸각인다. 너는 더 화가 난다. 너는 그의 움직임을 보았다. 내내 지켜보았다. 그럼에도 너의 기억이라는 임시 구조물에는 다른 정보들이 연결되기 위한 구조적인 지지선인 핵심 이음부가 빠져 있는 것이 틀림없다. 오븐 토스터를 여전히 이해할 수 없기 때문이다. 색인이 다 사라진 오래된 문서처럼 혼란스럽다. 달랑거리는 테두리만 남은 거미줄 가닥처럼 찢어진 느낌이다.

생각의 구멍은 도로에 생긴 구멍처럼 선명하거나 고치기 쉽지 않다. 자신이 무엇을 기억하는지를 기억하기 위해 애쓰기 전에 깨달을 수 있을까? 전체를 지탱하던 부품들이 사라진 상태에서 생각의 틀을 어떻게 만들어 낼 수 있을까?

너는 답답함을 애써 삼킨다. 평생을 그레이스와 산 남자에게는, 이 여자의 참을성 없는 개입이 짜증스럽지 않았을 것이다. 함께 쌓아 올렸던 즐거운 기억이 짜증을 덮었으리라.

그러나 너는 그 남자가 아니다. 어떤 괴팍한 이유 때문인지는 몰라도, 너의 짜증이 부당하다는 사실을 깨닫자 더 화가 난다. 너는 조리대 위의 오븐 토스터를 밀치고, 위층으로 성큼성큼 걸어간다.

맨디의 생일날, 다 무너져 내렸다.

그레이스는 옷방에서 사방으로 옷을 던지는 너를 발견한다. 너는 이미 침대를 원래 자리에서 밀어냈고, 커튼 뒤를 뒤지느라 커튼도 흐트러져 있다.

"내 공책이 안 보여."

무얼 하고 있느냐는 그레이스의 물음에 네가 으르렁거린다.

너는 락 캐니언 공원에서 가족들과 점심을 먹기로 했다. 요양원에서 퇴소한 후, 가족 모두를 한자리에서 만나는 일은 처음이다. 공책 없이는 해낼 수 없다. 이름을 다 틀리고야 말 것이다…….

"어휴, 세상에."

그레이스가 난장판을 정리한다.

"엘리엇, 그냥 당신 모습 그대로면 돼. 우리를 위해 꾸며 낼 필요 없어."

"내가 꾸며 내는 게 아니잖아!"

네가 고함을 친다.

흐트러진 채 눈을 부릅뜬 너의 모습이 공포스러웠는지, 그레이스가 몇 발짝 물러선다.

"모르겠어?"

너는 안락의자를 옆으로 밀치며 헐떡인다.

"난 당신이 잃어버린 그 남자가 아니야! 나는 결코 그가 될 수가 없어."

네가 구명줄에 매달린 선원처럼 주먹을 세게 움켜쥐고 건너편 의자에 털썩 주저앉는다.

"도저히 더는 못 하겠어."

"엘리엇……."

이 새롭고, 이상하고, 망가진 삶을 어떻게 해야 할지 모르겠지만, 단 하나만은 확실하다. 너는 가짜가 되고 싶지 않다. 가까이에서 보면

들통나 버리는 홀로그램처럼 살고 싶지 않다. 그래서 너는, 아내의 눈을 똑바로 보며 지금까지는 두려워서 하지 못한 말을 뱉는다.

"그레이스, 난 당신을 사랑하지 않아. 사랑하고 싶어도 그 마음이 이미 사라졌어. 당신에게 느끼던 모든 감정은 다 사라졌어. 사라졌다고."

너의 목소리가 잦아들어 속삭임이 된다. 그레이스가 굳는다. 너는 그레이스가 무너지리라 생각하지만 그는 더 단단한 사람이다. 그는 네 앞에 가만히 서서 그저, 아주 오랫동안 너를 바라본다. 침실이 그의 주위로 부서지듯 흩날린다. 마치 별똥별이 쏟아지듯이.

"우리가 그동안 잘못해 왔던 거네."

마침내 그가 말하고 방에서 나간다.

너는 혼란스러워하며 그의 뒷모습을 응시한다. 아프다. 그래, 마침내 가슴에 깊고 묵직한 통증이 찾아왔다. 주변이 갑자기 더 어두워진 것 같다.

어쩔 줄 몰라하던 너는 늙은 몸을 애써 움직여 물건들을 제자리로 옮긴다. 아래층에서 전화를 하는 것 같은 그레이스의 목소리가 울린다. 내용을 알아듣기에는 너무 멀다.

15분 뒤 그가 돌아와 자기 옷장을 뒤지고 욕실로 들어가더니 한참이 지나도 나오지 않는다. 너는 요양원에 도로 들어가기 위해 가방을 싸야 하나 생각한다. 아무래도 짐을 챙겨야겠다 싶을 때, 욕실 문이 열린다. 직사각형 불빛을 받으며 낯선 사람이 서 있다.

너는 잠시 후에야 그레이스를 알아본다. 잠옷이나 통 넓은 청바지에 낡은 스웨터를 입은 그레이스에 너무 익숙해져 있었다. 세련된 밝은색 셔츠가 그레이스의 어깨선에 잘 어울려 우아하고 매력적이다. 머리에도 뭔가를 한 것 같다. 그의 자신감으로 빛나는 눈동자에 너는 불쑥 침대 옆 탁자에 놓인 사진 속 여자를 떠올리고, 고통스러워한다.

"안녕하세요."

그레이스가 손을 내민다.

"제대로 인사한 적이 없었죠. 난 그레이스예요. 반가워요."

너는 멍하니 입을 벌린다. 만나서 반갑다고

말하고 싶지만, 거짓말일까 두렵다. 그레이스는 손을 계속 내밀고 있고, 결국 너는 손을 맞잡는다.

"엘리엇이에요."

네가 간신히 말하고, 잠시 망설이다 묻는다.

"저와 같이 아침 식사 하실래요?"

그레이스가 미소 짓는다. 너는 그와 함께 근처 카페로 걸어간다. 그 카페의 아침 메뉴인 부리토를 둘 다 이번에 처음 먹어 보고 마음에 들어 한다. 식탁 옆 창밖으로 차들이 씽씽 지나간다. 가끔 배송용 드론도 지나간다. 작은 진동벨 로봇이 너의 식사 평점을 기다린다.

그레이스는 첫 데이트에서 좋은 인상을 남기고 싶어 하는 십 대처럼 활기차고 생기 넘친다. 너도 그에 맞추어 몇 안 되는 앞뒤가 맞는 기억을 끄집어내며 반응한다. 대개 근처 도시의 평면도에 관한 얘기지만, 주제는 상관없다.

  네가 하는 말은 뚝뚝 끊어지고, 망설이는 투다. 그러나 이조차도 상관이 없다. 그레이스는 네가 이미 알 것이라 기대하지 않고 자신의 어린 시절을 줄줄이 고백하고, 그 스스럼없는 얘기에 너는 깜짝 놀란다. 너는 그레이스에게 자신이 한때 도시 공학자였다고 말하고, 그레이스가 관심을 기울여서 한 주의 깊은 질문에 답하면서 자신이 건설 분야에 대해 이야기하기를 좋아한다는 사실을 깨닫는다. 이제 아무도 너를 고용하지 않더라도.

  아침 시간이 즐겁게 흘러간다. 이제 막 처음

만난 두 사람인 체하는 놀이에 불과하지만, 이 놀이는 진실보다 정직하다. 그레이스는 어색한 정적을 질문이나 우스운 일화로 무마하고 너의 대답에 집중한다. 너는 그의 웃는 모습이 얼마나 아름다운지 깨닫는다.

두 시간 내내 "이걸 기억해." "당신은 이걸 좋아했었어." 같은 얘기는 나오지 않는다. 네가 과거의 거울과 같기를 바라는 사람은 없다. 오직 기분 좋게 긍정적이고, 너를 더 알아 가고 싶은 마음이 가득한 그레이스뿐이다. 아니, 어쩌면 네가 스스로를 더 잘 알아 가도록 도와주려는 마음이 가득한 것인지도 모른다. 사실 어느 쪽이든 상관은 없다.

너는 어린 소년이 호기심에 나뭇가지로 찢

은 거미줄을 다시 떠올린다. 만약 가장 중요한 줄 두세 가닥만 찾아낼 수 있다면, 다른 모든 일들이 달려 있는 그 줄들을 찾아내어 새로이 짤 수 있다면…… 모두 다 제자리를 찾아가지 않을까?

너와 그레이스는 카페에서 나와, 전동 보드를 탄 십 대들을 피해 인도를 걷는다. 집까지 반쯤 남았을 때, 그레이스가 손목시계를 보더니 말한다.

"오늘 손녀가 락 캐니언 공원에서 생일잔치를 해요. 거기 오는 사람들한테 당신을 좀 소개해 주고 싶은데."

그가 묘하게 강렬한 눈으로 너를 본다.

"올래요?"

너는 깜짝 놀라 입을 떡 벌린다. 침을 여러 번 삼켜도 목이 마른다.

"그럼요."

네가 간신히 답한다.

"그래요. 그거…… 좋겠네요."

그리고 이 답이 거짓말이 아님을 느끼고, 남몰래 기뻐한다.

옮긴이의 말

 이 책에는 낸시 풀다의 작품 중 장애를 다룬 두 편이 실렸다.

 「움직임」은 낸시 풀다의 작품 중 단연 돋보이는 대표작이다. 시간적 자폐라는 가상의 자폐 스펙트럼 장애를 소재로 하여, 주인공의 고립감과 초월감을 아름답게 그려 낸다. 「다시, 기억」은 치매로 인한 인지 장애를 '치료'받아 회복되는 주인공의 심리를 다루었다. 어떤 치유는 필요하지 않거나 완전하지 않다. 장애라는 하나의 조건을 바꾼다고 해서 모든 일이 마법처럼 달라지지 않는다. 주인공의 비장애인 가족들이 막연히 기대하듯 '제자리로' 돌아갈 수도 없다. 주인공의 고립감은 장애 때문일 수도 있지만, 그보다는, 장애 또는 장애의 경험을 주인공의 정체성에서 억지로 분리하고 싶어 하는 비장애인들의 기대 때문이라 생각했다.

  소재로는 장애를, 정서로는 고립감, 그리고 유대감의 재발견을 다룬 두 작품을 한국에 소개하는 역할을 맡아 즐거이 작업했다. 원고를 꼼꼼히 살펴 준 이여름 편집자님, 강수연 편집자님께 감사드린다.

정소연

청소년을 위한 짧은 소설 시리즈
읽고, 보고, 듣고, 간직하고 싶은 오감만족형 독서

- 누구나 쉽게, 끝까지, 단숨에 읽을 수 있는 짧은 소설
- 텍스트 없이도 내러티브가 느껴지는 독특한 일러스트
- 작가의 목소리와 책 속 명장면을 미리 만나 보는 낭독 영상
- 단짠단짠 로맨스부터 지구멸망 SF까지, 뭘 좋아할지 몰라서 다 준비했다!

어제가 가장 소중한 무한 앞에
펼쳐진 어제와 다른 오늘

갤럭시 바이크

이경주 글 · 화원 그림

좋아하는 일을 후회 없이
좋아하려는 마음에 대해

코너를 달리는 방법

이필원 글 · 토티 그림

보고 보고 또 봐도
계속 보고 싶은 이유는 뭘까?

재관람 카드의 비밀

최상아 글 · 이윤희 그림

전염병 시국을 뒤흔든
뜻밖의 핑크 기류!

꿈에서 만나

조우리 글 · 근하 그림

나란한 두 평행선에
접점이 생기는 순간, 기적!

**내가 좋아하는 사람이
나를 좋아하는**

이필원 글 · 예란 그림

그날, 거대한 유니버스가
내게 문을 열었다

너의 유니버스

조규미 글 · 이로우 그림

엄청난 속도로 날아오는 운석과
지구가 충돌한다면?

일 퍼센트

김태호 글 · 최지수 그림

내가 하려는 말은

2025년 9월 25일 1판 1쇄

글	옮김	그림
낸시 풀다	정소연	백초윤

편집		디자인
장슬기 윤설희 최경후 강수연		박다애

제작	마케팅	홍보
박흥기	김수진 이태린 이예지	조민희

인쇄	제책	
천일문화사	J&D바인텍	

펴낸이	펴낸곳	등록
강맑실	(주)사계절출판사	제406-2003-034호

주소		전화
(우)10881 경기도 파주시 회동길 252		031)955-8588, 8558

전송
마케팅부 031)955-8595, 편집부 031)955-8596

홈페이지	전자우편	인스타그램
www.sakyejul.net	literature@sakyejul.com	instagram.com/sakyejul

ⓒ 정소연 2025

값은 뒤표지에 적혀 있습니다. 잘못 만든 책은 구입하신 서점에서 바꾸어 드립니다.
사계절출판사는 성장의 의미를 생각합니다.
사계절출판사는 독자 여러분의 의견에 늘 귀 기울이고 있습니다.

ISBN 979-11-6981-391-4 44840
ISBN 979-11-6094-736-6 (세트)